오늘, 고요하고 단단하게

마음 한 편

박혜란 시집

오늘, 고요하고 단단하게

마음
한 편

박혜란 시집

siso

작가의 말

얼마 전 막 7살이 된 둘째가 약속을 어겼습니다. 화가 나면 말로 감정을 표현하기로 하고선 그 순간 속상함을 참지 못해 떼를 쓰고 고집을 부렸지요. 우는 아이를 한참 바라보다가 울음이 잦아들 때쯤 물었어요.

"너는 어떤 사람이 되고 싶니?"

아이는 부자가 되어 힘든 친구들에게 가진 것의 절반을 나누어 주고 싶고, 하늘을 날며 세계를 탐험하는 사람이 되고 싶다고 말했습니다.

"네가 꿈꾸는 모습 중에 이렇게 떼를 쓰고 울며 화를 내는 모습도 있니?"

아이는 곰곰이 생각하더니 "화가 나면 내 마음을 말로 설명하는 사람이 되고 싶어요. 그런데 오늘은 너무 속상해서 깜

빡했어요"라고 하더군요.

저는 아이 손을 잡고 눈을 맞추며 "네가 어떤 사람이 되고 싶은지 머릿속에 그림을 그리고, 그 모습을 늘 생각하면 잘 잊어버리지 않게 될 거야"라고 이야기해주었습니다. 아이는 곧 신이 나서 친구들과 뛰놀았지만, 그 순간 늘 제게 묻던 질문 하나가 묵직하게 떠올랐습니다. '나는 아이에게 하는 말만큼이나 내 인생을 잘 살아내고 있는가?' 하고 말입니다.

〈마음 한 편〉에는 2020년 6월부터 11월까지 매일 밤 쓴 시들 중 80여 편을 추려내 담았습니다. 제 인생의 6개월을 빠짐없이 써놓고 바라보니 저 역시 하루는 울고, 하루는 웃고, 하루는 후회하고, 하루는 기대하며 사는 작은 아이임이 아주

선명하게 와닿았습니다. 삶이 그러할 수 없듯 저 역시 고요하지 못함이 역력합니다.

그렇지만 괜찮습니다. 그리고 저와 같을 당신도 괜찮습니다. 내 속의 어린 내가 생각보다 더 자주 울고, 잘 넘어지고, 많은 후회를 남긴 과거를 가졌다고 해도 괜찮습니다. 아이가 너무 화가 나서 자기가 원하던 모습을 잠시 잊었다 해도 아이는 결국 잘 자라듯이 저와 당신이 오늘 꿈꾸던 모습을 잠시 잊었다 해도 우리 역시 인생을 잘 살아낼 테니까요.

우리는 모두 무너짐과 쌓아 올림을 반복하며 힘을 기르고 참을성을 배웁니다. 그러다 아주 보통의 어떤 날 더는 모래를 쌓아 올릴 수 없을 지경이 되어 빈껍데기만 남기도 하지요. 이런 날, 저는 저와 당신을 안고 나지막하게 묻고 싶습니다.

"무엇이 당신을 살게 합니까? 모든 걸 놓아버리고 싶은 순간에도 당신이 결코 놓지 못하는 것은 무엇입니까? 그것은 당신께 어떤 의미입니까? 그리고 이 모든 파도가 지나간 후 당신은 어떤 모습으로 남고 싶습니까?"

〈마음 한 편〉은 6개월의 흐름이 담긴 시집이지만 어쩌면 제 인생 대부분의 모습이 담겼을지도 모르겠습니다. 각자의 바다에서 저의 모래성을 바라보며 위로와 용기를 얻는다면 기쁘겠습니다. 그리고 위의 질문에 여러분만의 답을 조금이라도 찾게 되기를 아주 많이 응원하겠습니다.

글을 쓰는 창 너머로 겨울바람이 매섭습니다.

이 밤, 고사리손으로 제 얼굴을 쓰다듬으며 웅얼대는 아이의 목소리가 들리는 것 같아요.

"엄마는 어떤 사람이 되고 싶어요? 원하는 모습을 머릿속에 그리고 늘 떠올린다면 잊어버리지 않게 돼요."

오늘만큼은 겨울밤의 찬 공기가 더없이 따뜻하게 느껴지네요.

답을 할 수 있어서요.

잊지 않으려고 합니다.

박혜란

제가 꿈꾸는 모습을 함께 응원해주는

선우와 지한이 그리고 남편에게

고마움을 전하며 이 책을 바칩니다.

차례

1장
——

계절은

바람을 타고

어딘가

바람에 흩날리는 나뭇잎
모두 어디로 휘날리는가.

여름밤 시끄러운 매미 소리
모두 어디로 흩어지는가.

한세상 잠재울 듯 요란한 폭우는
모두 어디로 사라지는가.

만 가지 법석을 떠는 생(生)에서
나는 어디로 가고 있는가.
어디쯤 있나.

흐르는 구름결 쫓아서 가는 길 물으니

어디서부터 시작되어

어디로 가는지 대답은 없고

태초에 생성되어 기약 없이 흐르는 물길 소리만.

하릴없이 귀 기울여

여민 가슴 꺼내어 보니

나의 너는 어디로 떠나버렸나.

어디서 찾을 수 있나.

고요와 고요의 고요, 사(死) 속에

너는 어디에 머물러 있나.

어디서 머무르려나.

여든의 아이

고무신 빗물 고여
발가락 움켜쥐고 흙길 걷다가

덜걱대는 신 벗어
맨발로 걸어가는 여든의 아이

찰박대는 발바닥 감동에
드디어 온몸을 맡기니

저 멀리서
어떤 음성 단단하게
말을 건넨다.

아이야, 대견하구나.
너도 이제 자유가 뭔지 알게 됐으니.

기억 상실

기억을 잃는 것은 행운이었다.
적어도 그녀에게는 그러했다.

기억의 상실은
젊음의 상실을
남편의 상실을
아들의 상실을
자신의 상실을
상실하게 하였다.

상실의 상실을
상실한 그녀는 이제
전보다 더 평온해 보인다.

아, 행복은 대체 무엇인가?
무엇으로 행복을 정의할 수 있는가!

그림자

누구네 집에 누구의 그림자
주인 눈 깜빡 속여 자리 잡는다.

밥 먹다 문득
사람 틈에 불현듯
소망하다 자주
누구네 집에 누구의 그림자
누구네 주인 행세하며 집 안을 어지럽힌다.

거울에 비친 눈과 눈을 마주쳐
누구요?
주인이 따지고 묻자

나는 분노요.
나는 슬픔이요.
나는 자괴감이요.
나는 외로움이요.

대체 어디서 왔소?

딱하게 여겨 측은히 물으니

"… 너 어릴 적에."

아,

그제야 그날들이 폭발하여

못 지른 고함을 지르고 발을 버둥대며 통곡하다가

끝끝내 안아주고, 안아주고, 안아주니

그때의 그림자는

망자 되어 간 곳이 없고

옛사람은 새 사랑이 되어

오늘로 주인을 돌려놓는다.

힘이 없던 아이

어둡던 그림자

불안한 눈물을 닦아주니

견뢰(堅牢)하던 바위 모래알 되어

먼지가 되다.

대화

할아버지, 인생이 뭐예요?

그러게 말이다.

할아버지도 모르세요?

그 질문에 이 대답을
수없이 하는 게 인생 같구나.

그럼 사랑은 뭔가요?

인생 같은 거지.

좋겠다

바다가 초콜릿이면 좋겠다.
구름이 크림빵이면 좋겠다.
공부가 과자이면 좋겠고
꿈이 껌이면 좋겠다.
네가 아이스크림이면 좋겠고
내가 딸기우유면 좋겠다.

사는 게 맛있으면 좋겠다.
인생살이 단맛만 있으면 좋겠다.

나 노릇, 너 노릇, 이런 노릇, 저런 노릇
사람 노릇 하기가 냉수 한 잔이면 좋겠다.

왜

토끼야, 너는 왜 귀가 길어?

악어야, 너는 왜 기어 다녀?

사자야, 너는 왜 고기 먹어?

개미야, 너는 왜 그리 작니?

흰색아, 너는 왜 흰색이야?

구름아, 너는 왜 흘러가니?

아이야, 너는 왜 말 안 듣니?

자신아, 나는 왜 사는 걸까?

자신아, 나는 왜 이런 걸까?

아,

바보 같은 인생.

그런 날

될까?

지금 잘하고 있는 걸까?

괜한 일하는 건 아닐까?

불안에 덥석 물러버린 어떤 날.

집 앞 달팽이 빗물에 달리기하며

기다란 눈 맞추어 내게 말하네.

저기,

나도 너처럼 그런 날이 있었어.

살다 보니

비도 오네.

찾다

잃어버린 무엇을 찾아 수소문하다.

거목(巨木)이 말하길
너희들이 말을 줄이면 알게 될 거야.
바람이 말하길
너희들이 정한 틀을 벗어나면 알게 될 거야.
강물이 말하길
너희들이 이런저런 걱정을 줄이면 알게 될 거야.
태풍이 말하길
너희들이 얕은 욕심을 버리면 알게 될 거야.
꽃들이 말하길
너희들이 먼 곳만 보는 습관을 버리면 알게 될 거야.
해가 말하길
너희들이 매일 나를 만나는 것에 감사하면 알게 될 거야.
달이 말하길
너희들이 매일 밤 나와 함께 일기를 쓰면 알게 될 거야.

그래서 신이 말하길

가녀린 마음들아,

곳곳에 표지를 두었으니 눈을 뜨거라.

몇 날 며칠 흘린 눈물이 그것이오.

박장대소 웃던 기쁨이 그것이오.

누더기옷 걸친 고생이 그것이오.

그럼에도 놓지 못한 것이 그것이니

지금 네가 드는 생각이 바로 그것이다.

지친 몸 털썩 앉혀

움켜쥔 손바닥 펼치니

인생길 선명하게 새겨진 그것.

내 삶은 나에게 무엇을 원하는가?

내 삶은 나에게 무엇을 원하는가?

매미에게

너는 무얼 위해
중음(重陰)의 시간을 견디나.

나는 무얼 위해
새벽까지 잠 못 드나.

너나 나나.

이 밤 너의 울음은
승리의 기쁨
성취의 환락
실현의 희열

혼(魂)에겐 표상.

바람의 소리

삐딱하게 드러누워 빼딱하게 손짓하니
절뚝이며 끌려오는 끈끈한 바람.

"있는 대로 바라보면 쉬울 텐데 말이야.
마음이 시원할 텐데."

한숨을 푹푹 쉬며
볼메어 바른 소리 낸다.

바람의 소리.

별 하나

아침 이슬에 있다.
노란 나비에 있다.
여름 향기에 있다.
그때 바다에 있다.

네가 있다.
죽은 네가
살아있다.

살아서 죽은 자와
죽어서 사는 자가
공존하는

여기는

별 하나.

기준의 기준

나무 건들건들

개미 엉금엉금

개구리 깡충깡충

빗방울 휘적휘적

소금쟁이 푸드덕푸드덕

바다고래 어물쩡어물쩡

그럴 수도 있는데

그런 건 다 틀렸대.

사는 게 힘든 이유.

그래서 그래

있잖아,

마음이 너무 울고 싶은 거야.

소리 내 아주 엉엉 울고 싶은 거야.

생떼 쓰며 다리를 버둥대고 울고 싶은 거야.

왜?

네가 그리고 내가 너에게 그리고 나에게
어른으로 살라고 해서 그래서 그래.

네가 그리고 내가 너에게 그리고 나에게
야릇한 평가의 눈초리가 무서워서 그래서 그래.

네가 그리고 내가 너에게 그리고 나에게
나 말고 너한테 잘 보이려니까 그래서 그래.

네가 그리고 내가 너에게 그리고 나에게
나도 그래, 나도 그래 하지 않고
너만 그래, 너만 그래 그래서 그래.

아, 보고 싶다.
그래서 그래.

여름 한낮

여름 한낮
평상에 드러누워
살랑대는 여름 바람 안아본다.

여름 한낮
가만히 눈을 감고
까불대는 산새 소리 들어본다.

여름 한낮
꿈을 꾸듯 기웃대며 내 어린 날 붙잡으니
작디작은 여자애가 할머니 품에 응석 부린다.

사르랑 안아주는 여름 바람도
차르랑 산새 소리도 그대로인데
마이 무라, 내 강아지, 마이 무라, 이쁜 내 새끼.
볼살 미이게 정 주시던 할머니는 어디 가셨나.

할머니…

할머니, 나 힘들었어. 고생 많이 했어.

울고 싶었어….

여름 한낮

어느새 머리 흰 손녀 그 품에 응석 부리다

여름 한낮

하늘에 걸린 소나무 가지 꺾어

무심히 간절히 그 얼굴 그려본다.

아이에게

사랑하는 아이야.

엄마를 닮으렴.
엄마를 닮지 말렴.

많이 웃으렴.
또 많이 울렴.

넘어지면 일어서지 않아도 돼.
자꾸 씩씩해야 한다니까 마음을 숨기는 거야.

아프면 아픈 채로
엄살도 부리고 떼도 쓰고 그러다 보면
어느새 일어나 있더라.

그러니

인생의 모든 순간을

꼭꼭 씹으며 살아가렴.

내가 뭐라고

나도 늘 마음 다치며 휘청휘청 사는데

자식이 뭐라고

너에게 인생을 이야기하고 있다.

사실

우는 건 네가 나보다 나은데.

어쩌면

어쩌면 먹고 사는 게 전부다.
어쩌면 그냥 사는 게 전부다.
어쩌면 일단 사는 게 전부다.
그게 전부다.

비가 억수같이 퍼붓던 날
내 인생도 다 젖었노라
엉엉 울던 친구의 전화

나 이제 어쩌면 좋아?
나 이제 어떻게 살아?

달래도 달래도, 달래지지 않을

너의 슬픔 앞에 괜찮다는 말은 감히다.

먹고 사는 게 전부다.

그냥 사는 게 전부다.

일단 사는 게 전부다.

살아내야만 하는 순간에는 그렇다.

부탁

허공에 붕 뜬 몸이 공기에 실려
잊고 있던 너를 불러온다.

멍해진 머리가 아프게 시리면
잠잠하던 가슴이 지웠던 너를 데려온다.

꼭 잘 지내야 한다.

마지막 말을 되새기고 되새기니
어쩜 이리 서럽게 눈물이 날까.

새파랗던 꽃송이 할미꽃 되어도
너는 늘 젊은 날로 기억되어
내게 부탁할 테지.

꼭 잘 지내야 한다.

옥수수

어떤 어린 날 가마솥에 찐 옥수수
샛노란 예쁜 것만 채반에 담아

옥수수 알갱이 야금야금 받아먹는 참새 입이 예쁘다며
뜨거움도 무릅쓰고 서두르던 바쁜 손길

그때는 몰랐지, 한 알 한 알 사랑임을
다시는 못 볼 우리 할매 따신 정이었음을.

이제는 알지, 옥수수 생각 간절하면
할매 품에 응석 부리고 싶은 중년의 어떤 날

고생 없이 옥수수 입으로 들어오던
그 시절이 그리워서란 걸.

오물거리던 손녀 머리 부드럽게 쓰다듬던
할매 얼굴 보고파서란 걸.

선풍기

더울 때는 선풍기 앞에서
시원한 수박 쪼개 먹는 게 최고인기라.

매년 여름 휴가철이면
어김없는 아버지 변명

꼿꼿한 어깨에 잔뜩 들어간 힘이
아버지 말은 참말이라 믿기 충분했다.

세월 지나 가족 여행 한번 없음에
몇 없는 옛 사진 들추는 뒷모습 보니
아버지는 하루도 쉰 적이 없다.

쉴 틈 없던 고된 삶에
꼿꼿하던 어깨는
남자의 자존심이었으리라.

더듬더듬 기억 쫓는 굽은 등 뒤로

헐빈한 사진첩 넘기는 주름진 손 위로

오래된 선풍기 털털 돌며

가슴속 땀 닦아준다.

마음 뽑기

마음을 뽑다가 잘못 걸린 날

주머니를 뒤적여도 동전은 더 없고
뽑힌 걸 시들하게 쳐다만 볼 때

마음을 탈탈 털어 햇볕에 널자.

무지개로 기분 좋은 색깔 입히고
실바람으로 뽀송하게 다려 말리자.

기쁨이 미안해서
행복이 대견해서
결국은 찾아오게.

통화 후

아침은 먹었나?
밥은 꼭 먹고 다니라.

시는 먼 곳에 있지 않다.
어떤 사랑은 근사하지 않다.

아버지 말 속
숱한 함축적 의미

꺼칠한 손끝
잠든 딸 머리 쓸던 투박한 사랑

편견

시가 어려울 게 뭐야.
시가 어려워야 할 이유가 뭐야.

할아버지, 할머니 무릎 위에
손자 손녀 모여 앉아요.

이제 호랑이 담배 피우던 이야기는
호랑이가 담배를 피워서 19금이에요.

응석받이 달랠 과자봉지에
입가심할 과일 펼치고

이제는 시를 읽어요.
그냥 읽어요.

시가 어려울 게 뭐야.

그것만큼 호랑이 담배 피우던 시절이 어딨어.

시가 어려워야 할 이유가 뭐야.

어떤 글이 어떤 날 어떤 마음에 닿으면 시지.

이슬

비 온 후 이슬을 보았습니까?
나무는 잎마다 이슬 보석을 달고
나뭇잎 편지를 띄웁니다.

당신께도 보석이 있습니까?
당신의 소식이 기다려집니다.

나는 아이 웃음소리처럼 투명한 이슬 글을 쓰고 싶습니다.
부산한 마음에 맑간 안경을 쓰고
나와 나 이외의 것을 조용히 바라봅니다.

구석에서 저릿하게 우는 나를 토닥이고
열심히 사는 나를 다독이며 머리를 쓰다듬습니다.
희망을 희망하는 나를 꼭 껴안고 기도합니다.

나 같은 당신을 내 나뭇잎 그릇에 담아
당신을 헤아립니다.

멍하게 눈을 뗄 수 없던 이슬처럼
나는 나를 사색합니다.
당신을 살펴봅니다.
우리를 생각합니다.
이슬 글을 씁니다.

화원

쨍한 여름 파도에 나비를 그려
바다에서 화원의 흔적을 찾자.

낯설지만 괜찮아.
쉬지 않고 깨어서 계절을 세면
누군가 꽃송이를 안겨 준다네.

프리지어, 장미, 튤립, 수선화
꽃밭에 누워 하늘을 보자.

손에 든 나로
그림은 완성되고 화원 속 비밀도 찾았다지.

멀리 퍼지네, 꽃향기가
멀리 퍼지네.

2장 —

내가 너를

그러하듯

갓 샷(God shot)

고요한 아침에 잔잔한 커피도 좋지만
부스스한 아침에 커피 한 잔으로 억지 정신 차릴 때

"엄마" 하고 달려오는 아이들 미소
"엄마, 힘내" 어깨 주무르는 솜방망이 안마
"엄마, 사랑해" 하는 명랑한 고백

그 커피가 꿀맛이다.
인생 시름 잊는 맛.
세상 걱정 잊는 맛.

낮잠

까슬거리는 감촉, 산뜻한 비누 향에
반나절 밟은 이불로
하늘 덮어 낮잠 재운다.

살랑살랑 한들한들 바람결에
기분 좋은 하늘 단잠에 빠지면
평상에 누워 구름 세던 아이도 잠들고

깰세라 따스한 햇살
그득하니 안아주는
유년의 추억.

23시

까만 밤하늘 아래
풀벌레 소리만 가득하고

인기척 없는 시골길
시간이 멈춘 듯한 곳에

자전거에 몸을 실어
공간을 밀면

바람이 불어올 때
바람이 불어올 때

비로소
모습에 담기는
작은 혼.

온전히

우주에 뿌려진

강한 점.

나나

잠이 오면 자고.
배고프면 먹고.
눈물 나면 울고.
재밌으면 웃고.

청개구리 욕하지 마라.

누가 누굴.

들꽃

동뫼산 길목마다 들꽃 나부끼다.
야물게 핀 꽃대에 잎사귀 또랑하고
작은 것이 제 색 내어 깊은 향기 풍긴다.
정돈된 꽃다발 화병의 꽃도 아름답지만
숲길 따라 걸을 때 너를 보는 마음이
여기가 곧 화병이고 나는 나비일세.

들꽃 이름 굳이 알 필요 있을까.

지금 여기 이리 좋으니.

사랑

바다에 빗물을 빼니
난감하다.

우주에 별빛을 빼니
막막하다.

나에게 당신을 빼니
안 되겠다.

당신 있음에

파랑 접시에 구름 한가득

커다란 흰 쿠키 한입에
기쁘게 눈맞춤 살짝

달콤한 휘핑에 씩 웃어
사르르 풀어진 마음

행복하다
당신 존재만으로도

파랑 접시에 구름 한가득
당신 있음에
당신만으로

기도

갓난아이의 배냇짓 미소에
자면서도 생긋 웃는 네 모습에

너는 지금 무슨 생각할까?
너는 어느 별에서 왔니?

작디작고 새하얀 네 손을 잡고
옹알이 옹알대는 네 눈망울을 보고
한 품에 안기는 말랑한 널 품에 안고
가슴이 벅차 조용히 기도하는 밤

엄마가 지킬게.

앞니 빠진 개구쟁이 웃음 마스크 속에
두 눈만 빼꼼 내민 네 모습에

너는 지금 무슨 표정일까?
너는 어떤 별에서 살게 될까?

보드랍고 통통한 네 손을 잡고
철없이 까부는 네 눈망울을 보고
엄마 좋아 와락 안기는 널 품에 안고
한숨이 늘어 조용히 기도하는 밤

엄마가 지킬게.

숲에서

춤을 추자, 춤을 추자
마법에 걸려

비밀의 정원
우리만의 섬
더는 필요치 않아.

마음을 내어놓는 풀 내음에
두 눈을 감고
빗방울 토독 소리 리듬에 맞춰
지금을 느껴.

그래도 돼, 괜찮아.

여기선 뭘 해도 좋을 거야.

발끝에 힘을 주고 빨간 꽃에 취해

춤을 추자, 춤을 추자

콧노래 부르며

순간은 풋풋하고 인생은 아름다워

오늘 날씨 참 좋다.

차창 밖으로

버스 뒷좌석에 앉아
차창 밖 가로수길 눈길로 걷는다.

이등병에게 쓴 편지
풋사랑 싣던 우체국 여전하고

안녕 하던 첫인사에
고동치던 자리는 단풍으로 물들어.

불혹의 나이를 반으로 꺾어
시절을 꺼내면

여전한 것에서 지나간 흔적이
생생히 달려오네.

버스 뒷좌석 차창 밖으로
추억을 세면

기억의 편린 속 수록된 메모들
스치는 장면 한 줄 가사로
되살아나는 청춘의 조각.

잔혹사

입을 벌린 파도가 나를 삼키고
반드시 꿈이어야 할 공포가 스민다.

불안은 두 글자에 담기지 않기에
잔인하게 약다.

불시에 숨구멍을 조이며
빈틈에 가슴을 조른다.

지켜야 한다는 것은
너를 지킴이 아니었다.

너를 핑계로 나를 살린다.
버둥대며 쫓긴다.

가야 한다.
살아내고 싶다.

선택

웃을까 말까.
화낼까 말까.
버틸까 말까.
참을까 말까.
해볼까 말까.
가볼까 말까.

내게 좋은 거
네게 좋은 거

예쁜 걸 선택하자.
멋진 걸 선택하자.

하루를 선택하자.
인생을 선택하자.

굳은 믿음

엄마가 그랬다.
죽으라는 법은 없다고.

아빠가 그랬다.
밥 잘 먹고 지내면 좋은 날 온다고.

할머니가 그랬다.
산 입에 거미줄 안 친다고.

할아버지가 그랬다.
건강하면 못할 것 없다고.

나를 가장 아끼는 사람들이
나한테 거짓말했을 리 없다는 건
갓난쟁이도 안다.

잘 된다는 건 당연하다.
당연해서 당연하다.

떠오르다

누구인지
왜 사는지
어떻게 살 것인지
무얼 하며 살아갈 것인지
어떤 모습으로 기억될 것인지

어려운 수수께끼 답 없는 스무고개
미로 찾아 괴롭지 않아도

기쁘고 반갑고 환하게
떠오르리라.

맥주의 거품이 그러하듯
바다의 부표가 그러하듯
내가 너를 그러하듯.

가을 하늘

너처럼 너같이 너만큼이고 싶다.

푸름 그 이상으로 높이 피고

붉음 그 이상으로 노을 져도

너는 언제나 너로서 너답게 충분하다.

필 땐 더할 것 없이 푸르다가

질 땐 더없이 붉어지는

그러고도 매일 새롭게 피고 지는

너처럼 너같이 너만큼이고 싶다.

자전거 샤워

무성한 두려움에 연약함 번질 때
자전거에 올라 바람비 샤워하자.

커브 길은 천천히 곧은길은 한숨 돌려.

눈길을 주네. 그새 바뀐 세상에.
마음을 씻어. 늘 잘하고 있잖아.

뛰어노는 아이 소리 달콤하게 소곤대면
네모 칸 속 비워둔 문제들
별로 풀고 싶지 않은 물음표
이제 좀 쓸 수 있을지 몰라.

정갈하게 마른 마음에 물길을 내면
고운 창에 볕이 들어 곁도 내주고
알 수 없는 빈칸은 날려 보내네
바람비 샤워.

무성한 두려움에 연약함 번질 때
커브 길은 천천히 곧은길은 한숨 돌려.

좋다

좋다.
오늘도.

달라서 좋고 같아서 좋고
집에서 좋고 밖에서 좋고
피곤이 좋고 열정이 좋고
울어도 좋고 웃어도 좋고
깨어도 좋고 멍해도 좋고

좋다.
숨 쉴 수 있음에 좋다.

좋은 게 좋은 건 줄 알아서
오늘도 좋다.

애쓰지 않아도

잎의 가장자리가 물들었다.

이제 곧 너 자체로 가을이 되겠구나.

나도 슬그머니 물들었다.

물들었다.

그럴라요

귀뚜라미 우는 소리
어딘지 아오?

두리번거리지 마오.
저기 있으니.

삼배수의 버선발 사뿐히 딛을
날짜를 아오?

두리번거리지 마오.
늘 곁에 있으니.

귀뚜라미 신세 내 신세
다를 바 없네.

에라, 오늘 실컷 울라요.

뱃복 빠지게 웃을라요.

개꿈이래두

미어터지도록 꿈꿀라요.

잘 익어라

가을이란 게 그렇다.
익은 것이 널렸다.
여름 태풍에 떨어질까 걱정이던
건넛집 대추마저 달다.

이만하면 나도 익었겠지?
기대 반 설렘 반 솥뚜껑 잡아 빼니
아이고, 놀래라.
사는 게 와 이래 뜨겁노.
설익어서 겉만 탔네.

언제 다 익겠노.

언제 다 익겠노.

애송이 까부는 모습 지켜보던

대추나무 껄껄대며 하는 소리

조바심 내는 게

니는 안즉 멀었다.

기다리라.

매사 기다리라.

그게 익는 길이다.

2020년

봄이 오길 기다리는 씨앗의 심정이 이러할까.

어떤 말로 표현할 수 있나.
기다리다 못해 새까맣게 타버린 마음을
오지 않을 줄 알면서도 서성이는 간절함을

창밖은 이미 빨갛게 푸르러지고

나 없는 새
서늘해진 바람에 민들레 홀씨
사뿐히 안겨 있다.

지난봄
다리에 걸린 족쇄가 아직 무겁다.

그래, 너라도 자유로워라.

길

해 질 녘까지 온 숲을 뒤져도
찾지 못했네.

방법.
생명이 생명에게
영혼이 영혼에게
삶을 가르치는 길.

보여줄 뿐이지.
그저 보여줄 뿐이지.

적기

왜 이러고 사나.
언제까지 이러고 사나.
뭐 하려고 이러고 사나.
누구 좋으라고 이러고 사나.

적기다.
이런 날이 딱이다.

삶의 의미의 의미 찾기 좋은 날.
이 일을 하는 이유의 이유 찾기 좋은 날.
그럼에도 우선인 가치의 가치 찾기 좋은 날.
사막에서 오아시스 찾기 좋은 날.

시골 여자

투박한 질문으로 시퍼런 낫질하고
허둥지둥 덮어둔 흙은 짚에 여민다.

호박잎에 매콤한 된장찌개
고인 응어리 한 숟갈 넘기고
땅에 엎어져 두 손 모으면

어느 때고 샛노란 꽃이
지금을 살아
어제 본 무당벌레
오늘을 사네.

고구마 풍년 줄줄이 흙손질할 때
호박꽃같이 코스모스 같은
시골 여자 아픔을 터네.

죽음의 의미

밤나무에서 떨어진 밤송이
거친 낙엽 위 여문 것, 아닌 것
가리지 않고 떨어졌다.

비 온 후 누운 지렁이
찬 바닥 위 흉한 모습, 징그런 모습
가리지 않고 죽어 있다.

우리는 매일 얼마나 많은
사후를 함께 하며
사경을 지나치고 있는가.

수만 가지 죽음을 스치면서도
일생의 두세 가지만 기억한다네.

슬프지 않지.
죽음은 온 그런 것이니.

자각하여 애달픈 것은
죽음이 아니라
오직 나였네.

존재 이유

꽃이 필 때 망설임이 있던가.
바람 불 때 머뭇댐이 있던가.
해가 질 때 주저함이 있던가.
네가 갈 때 미적댐이 있던가.

인생길 다 제자리에 있구나.
약속된 곳 조화롭게 머물다
눈인사 후 홀가분히 떠난다.

기나긴 생 과정에서 우리는
무엇을 꼭 담아내며 살 건가.

인생의 끝 그 순간에 우리는
무엇을 꼭 남겨두고 갈 건가.

달력-10월

언제 오려나
두 손 모아 기다리던 시간은
어느새 지나간 달 되고

붉은 나뭇잎
헐거운 뒷장 만지작대며
일 년을 가다듬는다.

12월 눈이 내리면
열두 장 가슴에 품고
고생했다, 잘했다, 대견하다
눈송이로 살며시 머리 쓸며
언 마음 녹여야지.

그날은
따뜻한 코코아보다
더 달콤하리라.

작은 것의 힘

사는 게
힘이 들 때는
내일이
막막할 때는

작게 걷자.

작게 작게
매일 작게
할 수 있는 만큼
할 수 있는 만큼만.

내 보폭에 나를 싣고
작은 목표로 나를 옮기자.

사는 게
눈물 날 때는
내일이
두려울 때는

작게 걷자.

작은 것에 기뻐지고
작은 것에 웃게 되고
작은 것에 환호하고
작은 것에 감동하는

작은 걸음이
나를 바꾼다.

작은 성취가
나를 살린다.

우리는

어제의 기쁨이 오늘과 같지 않고
어제의 슬픔이 오늘은 같지 않다.

어제의 사랑은 오늘의 사랑이 아니고
어제의 이별이 오늘의 이별은 아니며

어제의 새싹은 오늘과 같지 않고
어제의 낙엽도 오늘과 같지 않다.

우리는 어제와 다르고 내일과 다르다.

어제의 내가 오늘의 내가 아니고
어제의 네가 오늘의 네가 아니며
어제의 달빛과 강물은 오늘과 다르다.

우리는 언제든 같을 수 없으니
삶은 매일 다시 태어나고
하루는 24시간의 인생이 된다.

여행자

여행자여.

반딧불을 따라 어둑한 모퉁이를 돌면

기다리던 나침반을 찾을 거예요.

지름길은 없어요.

아쉽겠지만.

모든 길이 처음 걷는 길인 걸요.

걸어요. 뛰어요. 때론 쉬어요.

걸어요. 뛰어요. 때론 쉬어요.

고래 분수 하늘에 닿아

온 세상 별빛이 쏟아지는 날

반딧불 따라나선 여행자

소명을 다할 때

회전하던 나침반 끝없는 하늘 향하리.

회전하던 나침반

끝없는 하늘 향하리.

남은 건 나뿐인데

후회도 버리고
비교도 버리고
걱정도 버리고
강박도 버리고
미움도 버리고
버려야만 한다는
생각마저 버리고 나니

나만 남았다.

버리고 나니 가득하다.
깨고 나오니 감사하다.

남은 건 나뿐인데
풍요롭다.

3장 —— 저마다의 겨울을 안고

시작

별것 없던 풍경이
감동이 되고

별것 없던 사람이
존경이 되고

별것 없던 일상이
소중해지고

별것 없던 내면이
궁금해지고

별것 없던 모든 일이
별일이 되면

시작된 거다.

진정한 삶.

살아서 요동치는 삶의

시작.

반짝반짝

한 번 두 번 세 번 접어
켜켜이 쌓고 쌓아
가진 것 중 제일로
달빛 아래 둡니다.

새벽녘 아직 어스름하고
고운 입김 아스러질 때
보고팠던 별빛들
우리 집 앞 아름드리나무에 열렸습니다.

우리 집
별 잔치 열렸습니다.

올 줄 알면

마음이 채워지는 시간이 있나요?
무심한 빈 공간
오늘도 나는 술로 그곳을 배불립니다.

심연의 아궁이는
불쏘시개도 없이 타닥타닥 잿가루 되고
매운 인생살이에
눈물 반 콧물 반 울 수 있는 나이는 언제인가요.

마음이 채워지는 시간이 있나요?
올 줄 알면
초침 분침 시침에 내 영혼 기울여
가느다랗게 당신 이름 부를 텐데.

퇴근길

어스름한 저녁
종이 위 그림을 그린다.

오늘 미소지은 일
오늘 감사했던 일
오늘 행복했던 일
오늘 살아남은 일

쓸쓸한 향을 내는 거리와
사람이 그리운 우리.

이 또한 삶이니
견뎌야 한다.

어스레한 저녁놀

그림을 그린다.

무채색 일상에 색을 입히고

외로운 하루 따뜻이 쓰다듬는다.

계절의 조각

말쑥이 단장하고 봄볕에 고개 낸 풀잎도
그날의 수줍은 미소에 고스란히 빼앗긴 정신도

한여름 햇살 부서진 파편에 박혀
새겨진 거지.
네가 새겨진 거지.

가을 익듯 단단히 간직된 봄날은 선명해지고
쉽게 비치는 마음은 떠나기 십상이라
빨갛게 여문 열병 뒤로 겨울이 오네.

찬바람 빈 가지 외로움 웅웅대는 그해 서리에
공허한 동그라미 꽉 찬 그리움

조각조각 나누어 새겨진다네.
우주 같은 한 점이 새겨졌다네.

길에서

일곱 살 낯선 강원도 한복판에서
무릎에 얼굴을 묻고 엉엉 우는 아이.

길을 잃어버렸어요.
어디로 가야 할지 모르겠어요.

그 후 꽤나 자랐음에도
아이는 매일 울고 있다.
인생의 한가운데서.

나는 누구인가요.
어디로 가야 할지 모르겠어요.

여기에서

눈앞에 있다.
발아래 있다.
손안에 있다.
여기에 있다.

가족들 무탈해서
햇볕이 따스해서
바람이 시원해서
공기가 상쾌해서
커피가 맛있어서
오늘도 살아있어서

여기 있다.

지금
여기에 있다.

우리가 행복한 이유
우리가 행복할 이유

관계의 의미

조각조각 나눈 모양
그이 하나 저이 하나

스치는 모든 곳에
내 그림자 조각 하나씩 걸어두니

이것도 나고
저것도 나고
네가 본 모든 게 나다.

조각들 쓸어 담아
새 그림자 만드니
그마저 나일세.

나는 -이다.
나는 누구인가.

집

집에만 있어 보았다.
꼼짝없이 내내 집에만 있어 보았다.

어째서 나가려고만 했을까?
돌아오는 길엔 늘 집이 제일 편하다면서.

어디서 채우려고 했을까?
여기서도 외로운 건 저기서도 마찬가지인데.

인생사 다 말할 수 있나
너는 아는 그 사연.

꼼짝도 없이 들던 공간에
꼼짝도 없이 있어 보았다.

묵묵한 것의 힘.
그 집에 있어 보았다.

당신은 어떤가?

바람이 산을 넘나들 때
가고 있는가.

파도가 해안을 철벅일 때
가고 있는가.

웃고 울며 나를 내놓아 네게
가고 있는가.

째깍이던 초침 무심히 분침 돌릴 때
가고 있는가.

가고 있는가
우리는 가고 있는가.

모든 것이 제자리가 제 자리인 줄 알고
분별하여 가고 있는가.

깜깜한 밤 손 휘저으며
올바른 방향으로 가고 있는가.

진즉에

아궁이 속 장작더미
타닥타닥 소리 내는
불 안개 아지랑이 따라가는 재미

개미 떼 줄지어
이리 매고 저리 지고
제 집으로 귀향할 때 배웅하는 재미

지구 위에 한낱 인간
누울 자리 아닌 자리 어디 있나.
아무 곳에 누워 하늘 천장 바라보는 재미

오늘은 뭘 써볼까.

작은 머리 한 바퀴 돌려

동전도 없이 뽑기 하는 무작위 재미

인생에 공짜가 이리 많구나.

진즉 가진 기쁨 다 누리기에도

일생이 부족하네.

말

말이 풍경을 가르며 질주하면
관객은 오감으로 동승한다.

어떤 말이든 그렇다.
어떤 말이든 그렇다.

어떤 말이든 그렇다!

숙제

으악, 정말
너무 하기 싫다.
지긋지긋한 숙제
미루다 미루다가
혹은 제일 먼저 후다닥후다닥

에이그, 학교 숙제가 좋았지.
좀 커 봐라
싫다고 미루길 되나.
급하다고 빠르게 되나.

에이그, 인생 숙제가 좋았지.
마지막이 돼 봐라
미루고 싶고 서두르고 싶은
그 재미에 산 것을.

한낱 사람아!

그때 더 웃어주었다면

그때 더 안아주었다면

그때 더 사랑했었다면

너는.

너는.

사람아.

사람아.

떨어지는 벚꽃 한 잎 잡지 못하는 사람아.

사람아.

사람아.

내리는 비 속절없이 맞고 걷는 사람아.

제자리로 가는

영혼을

네가 어떻게.

네가 어떻게.

충분히 잘

때로는
하기 싫고 하고 싶고
울기 싫고 울고 싶고
살기 싫고 살고 싶고
죽기 싫고 죽고 싶고

그래서
나인 게 싫고 나인 게 좋고
오늘은 싫고 오늘은 좋고

일생의
동그라미 구르며
여러 각을 만나다.

이만하면

평범하다.

잘 살고 있다.

뭣도 없이

바다에는 지도가 있어
거북은 길을 안단다.

코끼리는 지혜가 있어
마지막 자리 안단다.

골목길 몇 바퀴째
내 집은 어디 있을까?

모두 곤히 잠든 새벽
머리는 무거운데
신발은 닳고
손에는 뭣도 없네.

어디로 갈까…

으스스

겨울이 춥다.

독서

누군가의 이야기에
진심으로 귀 기울여
몇 시간을 말없이 경청하는 것

네 조건도 내 조건도 무의미하고
영혼과 영혼이 만나
활자의 의미만 의미를 더하는 것

무의식의 나를
발가벗겨 꺼내놓고
시계를 돌려
젖을 물리고 토닥이며 안아주는 것

죽고 사는 고민에

손 잡아끌고

너는 그래서 너다

지름길을 그려

나를 살려내는 것

그 아이

오늘 그 아이 보았다.
엄마 손 잡은 친구 손 바라보는 아이
매일 그 아이 보았다.
아무도 손잡아 주는 이 없는 빈손의 아이

그 아이
마음을 숨길 줄 아는 아이
눈물을 삼킬 줄 아는 아이
눈빛으로 엄마를 부르는 아이
엄마 품 참아야 하는 아이

나는 아이를 안다.
나는 아이를 모른다.

아이의 슬픔을 알고

아이를 달랠 방법을 모른다.

아이의 상실을 알고

아이 소원을 들어줄 방법을 모른다.

이 나이 되어도 내 손에

조그마한 네 몸 가려줄

우산 하나 없음이

서글픔 맺히는 밤

아이야…

누구든 결국 모두 떠나는 거란다.

아이야…

그렇지만 그러기엔 너는 너무 작구나.

엄마가 보고 싶은 날

엄마.

아기가 도저히 잠을 안 자.

나 잠이 와 죽겠어.

엄마.

집안일은 왜 이리 하기 싫지?

엄마는 평생 어떻게 한 거야.

엄마.

김치찌개 맛이 이상해.

엄마가 해준 밥 먹고 싶다.

엄마.

별것도 아닌 일로 그이랑 싸웠어.

사는 게 헛웃음이 나네.

엄마.

오늘 밤 엄마 생각이 난다.

혼자 거실 바닥에 앉아

소주 한 잔에 울던 엄마 모습.

엄마, 우리 엄마.

엄마 보고 싶다.

지금의 내가

나보다 어린 그때의 엄마를 안아주고 싶다.

사느라 고생 많다고.

엄마가 많이 보고 싶지? 하고.

해가 지는 이유

해가 지는 이유

캄캄한 새벽
눈물로 그릴 이 있다는 것

애처롭게 떠난
어떤 이 붙들 시간이라는 것

때로 인생이
어둡고 쓰리고 무책임함을 마주하는 것

고요함 속에 남겨진 공허함이 내 것임을
지는 노을이 허망함임을 받아들이는 것

지난 모든 것이
꿈처럼 사라지는 장면을 하염없이 바라보는 것

몹시 처절함에도
해가 뜨길 기다리는 것 외엔 할 수 있는 게 없음을 인정하는 것

아무리 생각해도
내 손으로 해를 들어올릴 재간이 도저히 없음을 시인하는 것

고로 나는
한낱 인간일 뿐임을 매일 밤 깨닫고 깨닫는 것

적막한 허공에 영혼을 부딪쳐
매일 확인하고 또 확인하는 것

좋은 건 나누고 싶어서

마음을 쓰세요.
글을 쓰세요.

생각을 쓰세요.
글을 쓰세요.

울며 쓰고 웃으며 쓰고
글을 쓰세요.

흰 종이 위 남긴 글에
의미를 두세요.

그게 나입니다.
그게 나였습니다.

내가 알고 싶으면
마음을 쓰세요.

나를 찾고 싶으면

생각을 쓰세요.

사각사각 연필 소리에

나무에 기댄 위로를 받고

끄적대는 글귀 속에

삶의 의미 떠오릅니다.

글을 쓰세요.

나를 쓰세요.

나를 쓰세요.

인생을 쓰세요.

부부는 무엇으로 사는가

당신은 나랑 왜 살우?

갑자기 그런 걸 왜 묻소.

잠자코 대답을 해 봐요.

거참 나, 등이나 긁어주소.

에이그! 무심한 양반이야.

지나온 팔자도 한심해라.

벅벅벅벅 속 긁다 등 긁다

젊은 날 좋은 날 지나간 게 야속하고

야윈 등 굽은 등 초라해서 눈물 잡고 딴청 댄다.

옆집 여자가 어제 시비를 걸잖소?

뭐 땀시?

낸들 아나요. 제 꼴값이지.

그 여편네 아주 나쁜 여편네구먼!

…

시원해요?

그래, 시원하네.

시원한겨?

그래, 시원하네요.

부부는

무엇으로 사는가.

사실 직면

사실 앞에 용서 못 할 사람 없더라.
사실 앞에 아껴둬야 할 말 없더라.
사실 앞에 하지 못할 일이 없더라.
사실 앞에 남루해질 인생 없더라.

권력 명예 젊음 건강 재산
사실 앞에 아무 소용 없는데

지금 뱉는 말이 유언일지
지금 보는 네가 마지막일지
우리 아는 것은 하나 없고

오늘 쉬는 숨은 기적일 뿐
기적일 뿐.

세상만사 통달하는 죽음 앞에

안아서 안아서 세상 모두 안아서

사실 앞에 사랑 않을 것이 없더라.

우리 사실 이미 알고 있더라.

자연스럽게

가을에 나무가 잎을 내려놓고
때때로 하늘이 비를 내려놓고
매 순간 산 것은 생을 내려놓고

모두 다
내려놓고 산다.

자연은 가볍다.
삶은 어렵지 않다.

안녕히 주무세요

불을 끕니다.
이제 잘 시간이거든요.

생각을 멈춰요.
오늘 충분히 충분했어.

살아있다는 그 자체로
충분히 충분했어.

어머니께

산을 지나 강을 건너 폭포수 아래
물줄기 방울 되어 알알이 흩어지고

나비 벗어 던져 놓은 번데기 이제
홀연히 거름 되어 덧없이 사라지고

아이 어른 되고 어른 어르신 되고
자연히 노화하여 나이가 들어가고

삶은 이제 모두 옛일 희미한 기억
어머니 배 속보다 더 멀리 걸어가네.

겁과 빛이 겹쳐 나니
다 자란 나이에 왈칵
어머니가 그리워 편지를 쓰다.

어머니

저는 그저 웃으려 합니다.

선한 것에 몰두하겠습니다.

갈 곳이 정해진 딸은

지금이 너무 아까워서요.

어머니

사랑만이 보이려 합니다.

절대적 진실은 딸을

순간에 살게 합니다.

어머니

저는 한낱 인간일 뿐입니다.

어디로 가는지 보아서

가르침보다 고운 길을 걷겠습니다.

유언

유한한 존재이기에
유언합니다.

나약한 존재이기에
유언합니다.

그리울 존재이기에
유언합니다.

언제가 될지 모르기에
유언합니다.

매일 주고받는 다정한 말로
당신을 안고 토닥이는 손길로
따스하게 바라보는 눈빛으로
유언합니다.

그리고

유언합니다.

지금 이 순간 내 곁에 있어 줘서 고마워.

지금 이 순간 너의 존재만으로도 행복해.

지금 이 순간 더없이 너를 사랑해.

지금 이 순간 주어진 모든 것에 감사해.

아무래도

검은 천장 침대 위로
뛰노는 활자가 꿈틀댄다.

딱히 화려한 소질 없이
뭐라도 나열하고픈 허기가

아무래도 쓰고 싶다.

잠을 깨고 기쁜 것은
채울 것을 안다는 것

갈 곳 잃은 빈터에
지도 하나 온전해서

아무래도 쓰고 싶다.

너와 나에게

해가 뜨고 지고 다시 뜹니다.
새가 날고 쉬고 다시 납니다.
봄이 가고 오고 다시 옵니다.
모든 것이 순리대로 돕니다.

나도 웃고 울고 다시 웃을 겁니다.
지금 우는 그대 다시 웃을 겁니다.

그치지 않는 비바람 없고
영원한 겨울 있을 수 없어

믿으세요.
부디 자신을 믿으세요.

이 순간도
한 걸음 나아진 너와 나에게.

마음 한 편

초판 1쇄 발행   2021년 3월 19일

지 은 이   박혜란
펴 낸 이   정혜윤
편   집   조은아
마 케 팅   윤아림
디 자 인   더블디앤스튜디오
펴 낸 곳   SISO

주   소   경기도 고양시 일산서구 일산로635번길 32-19
출판등록   2015년 01월 08일 제 2015-000007호
전   화   031-915-6236
팩   스   031-5171-2365
이 메 일   siso@sisobooks.com

ISBN 979-11-89533-57-1 03800